KB103787

조명희 – 봄 잔디밭 위에

____ 년 ____ 월 _______ 필사하다

조명희, 봄 잔디밭 위에

: 희망을 노래하는 필사 시집 6

발 행 | 2022-2-18
저 자 | 조명희
기획·디자인 | 꽃마리쌤
펴낸이 | 한건희
펴낸곳 | 주식회사 부크크
출판사등록 | 2014.07.15(제2014-16호)
주 소 | 서울 금천구 가산디지털1로 119, A동 305호
전 화 | 1670 - 8316
이메일 | info@bookk.co.kr

ISBN | 979-11-372-7448-8

www.bookk.co.kr

조명희

봄 잔디밭 위에

"오늘도 일곱 자루 연필을 해치웠다.
필사합시다. 지금 당장!"

- 어니스트 헤밍웨이

필사는 “손가락 끝으로
고추장을 찍어 먹어 보는 맛!”

- 안도현 시인

차례

1부 / 봄

2부

누구를 찾아

3부

어린 아기

1부 — 봄

성숙(成熟)의 축복

가을이 되었다. 마을의 동무여
저 너른 들로 향하여 나가자
논틀길을 밟아가며 노래 부르세
모든 이삭들은
다복다복 고개를 숙이어
"땅의 어머니여!
우리는 다시 그대에게로 돌아 가노라" 한다.

동무여! 고개 숙여라 기도하자
저 모든 이삭들과 한가지로…….

경이(驚異)

어머니 좀 들어주서요
저 황혼의 이야기를
숲 사이에 어둠이 엿보아 들고
개천 물소리는 더 한층 가늘어졌나이다
나무 나무들도 다 기도를 드릴 때입니다

어머니 좀 들어주서요
손잡고 귀 기울여 주서요
저 담 아래 밤나무에
아람 떨어지는 소리가 들립니다
'뚝'하고 땅으로 떨어집니다
우주가 새 아들 낳았다고 기별합니다
등불을 켜 가지고 오서요
새 손님 맞으러 공손히 걸어가십시다

무제(無題)

주여!
그대가 운명의 저(箸)로
이 구더기를 집어 세상에 떨어뜨릴 제
그대도 응당 모순(矛盾)의 한숨을 쉬었으리라
이 모욕의 탈이 땅 위에 나뭉겨질 제
저 맑은 햇빛도 응당 찡그렸으리라.

오오 이 더러운 몸을 어찌하여야 좋으랴
이 더러운 피를 얻다가 흘려야 좋으랴

주여, 그대가 만일 영영 버릴 물건일진대
차라리 벼락의 영광을 주겠나이까
벼락의 영광을!

봄

잔디밭에 어린 풀싹이
부끄리는 얼굴을 남모르게 내놓아
가만히 웃더이다
저 크나큰 봄을.

작은 새의 고요한 울음이
가는 바람을 아로새기고
가지로 흘러 이 내 가슴에 스며들 제
하늘은 맑고요, 아지랑이는 고웁고요.

봄 잔디밭 위에

내가 이 잔디밭 위에 뛰노닐 적에
우리 어머니가 이 모양을 보아주실 수 없을까

어린 아기가 어머니 젖가슴에 안겨 어리광함같이
내가 이 잔디밭 위에 짓둥글 적에
우리 어머니가 이 모양을 참으로 보아주실 수 없을까.

미칠 듯한 마음을 견디지 못하여
"엄마! 엄마!" 소리를 내었더니
땅이 "우애!"하고 하늘이 "우애!"하옴에
어느 것이 나의 어머니인지 알 수 없어라.

정(情)

바둑이도 정들어 보아라
그는
더러움보다 귀여움이 더하리라.

살모사도 정들어 보아라.
그는
미움보다 불쌍함이 더하리라.

내 못견디어 하노라

반기던 그대 멀어지고
멀어진 그대 그리웁거늘,
이를 다시 슬퍼하옴은
내 마음 나도 모르거니,
꽃이야 지거라마는
물이야 흐르거라마는
이 마음 부닥칠 곳 없음을
내 못견디어 하노라.

달 좇아

이 밤의 저 달빛이 야릇이도
왜 그리 사람의 마음을 흔드는지
가없이 가없이 서리고 아파라.

아아, 나는 달의 울음을 좇아 한없이 가련다
가다가 지새는 달이 재를 넘기면
나도 그 재위에 쓰러지리라.

동무여

동무여
우리가 만일 개(犬)이어던
개인 체 하자
속이지 말고 개인 체 하자!
그리고 땅에 엎드려 땅을 핥자
혀의 피가 땅 속으로 흐르도록,
땅의 말이 나올 때까지..........,

동무여 불쌍한 동무여
그러고도 마음이 만일 우리를 속이거든
해를 향하여 외쳐 물어라
"이 마음의 씨를 영영히 태울 수 있느냐"고
발을 옮기지 말자 석상이 될 때까지.

새봄

볕발이 따스거늘
양지쪽 마루 끝에
나어린 처녀 세음으로
두 다리 쭉 뻗고 걸터앉아
생각에 끄을리어 조을던 마음이
얄궂게도 쪼이는 볕발에 갑자기 놀라
행여나 봄인가 하고
반가운 듯 두려운 듯.

그럴 때에 좋을세라고
낙숫물 소리는 새 봄에 장단 같고,
녹다 남은 지붕 마루터기 눈이
땅의 마음을 녹여 내리는 듯,
다정도 하이. 저 하늘빛이여

다시금 웃는 듯 어리운 듯,
"아아, 과연 봄이로구나!" 생각하올 제
이 가슴은 봄을 안고 갈 곳 몰라라.

불비를 주소서

순실(純實)이 없는 이 나라에
아픔과 눈물이 어디 있으며
눈물이 없는 이 백성에게
사랑과 의(義)가 어디 있으랴
주(主)여! 비노니 이 땅에
비를 주소서 불비를 주소서!
타는 불 속에서나
순실의 뼈를 찾아 볼까
썩은 잿더미 위에서나
사랑의 씨를 찾아 볼까.

감격의 회상

님이여 그대가
말없는 말을 이르시며
소리없는 노래를 아뢰실 때
이 어린 아이의
가슴에 안은 거문고는
목이 메여 떨기만 하더이다.

님이여
나며 들며 때로 대(對)하던 이 아이의 마음에는
마음의 곳곳마다 엄숙한 미소를 그득히 감춰인 눈으로
가만히 그대를 바라보며 은근히 절하고 싶었나이다
아아 그때 나는 비로소
이 우주덩이를 보았나이다.
처음으로 님을 만났었나이다.

때는 이미 오래더이다
지금 다시 그대를 마음 가운데 그려보며
울렁거리는 가슴을 안고 기도를 드리나이다
아아 영원히 잊지 못할
나의 책상 위에 놓았던 한 낱의 도토리!

2부 — 누구를 찾아

떨어지는 가을

성근 낙목형해(落木形骸) 사이
등불은 냉막(冷寞)의 꿈으로 비쳐
너의 언 가슴 속으로 쉬어 나오는 한숨같이
지면을 스쳐가는 바람에 구르는 잎
사르르 굴러 또 사르르
스러져가는 세상 외로운 자의 넋인가

아아 황금의 변영(面影)은 자취도 없다
지금은 가을이다 찬밤이다
바이올린의 떠는 소리로 굴러온 이 마음은
시들은 풀 속 벌레의 꿈 같다
바람의 부닥치는 외잎 소리에도 혼(魂)이
사라지랴든다.

고독자(孤獨者)

오오 너는 어이 인생의 청춘으로
환락의 꽃밭 백일의 왕성을 다 버리고
황량한 벌판에 노래를 띄우노.

밤중 달이 그의 그림자를 조상(弔喪)함에
그는 가슴을 안고 시들은 풀 위에 쓰러지다
바람이 마른 수풀에 울어 지날 제
낙엽의 넋을 좇아 혼을 끊도다.

별들은 비록 영원을 말하나
느껴 우는 강물을 화(和)하여 노래 부르며
희미한 등불이 그를 비치려드나
고개 숙여 어두운 그늘로 몸 감추다.

누구를 찾아

저녁 서풍 끝없이 부는 밤
들새도 보금자리에 꿈꿀 때에
나는 누구를 찾아
어두운 벌판에 터벅거리노.

그 욕되고도 쓰린 사랑의 미광(微光)을 찾으려고
너를 만나려고
그 험하고도 험한 길을
훌훌히 달려 지쳐 왔다.

석양 비탈길 위에
피 뭉친 가슴 안고 쓰러져
인생 고독의 비가(悲歌)를 부르짖었으며
약한 풀대에도 기대려는 피곤한 양의 모양으로
깨어진 빗돌 의지하여
상한 발 만지며 울기도 하였었다
구차히 사랑을 얻으려고 너를 만나려고.

저녁 서풍 끝없이 불어오고
베짱이 우는 밤
나는 누구를 찾아
어두운 벌판에 헤매이노.

•

아침

아침 개인 아침
지붕 지붕
나무 나무
가벼운 나의(羅衣) 맑은 향기
소안(笑顔) 오오 그 소안(笑顔)!
그래서 나래 벌린 대지는
새 아침을 맞는다 성(聖)하고
또 영광스러운 아침을.

나의 고향이

나의 고향이 저기 저 흰 구름 너머이면
새의 나래 빌려 가련마는
누른 땅 위에 무거운 다리 움직이며
창공을 바라보아 휘파람 불다.

나의 고향이 저기 저 높은 산 너머이면
길고 긴 꿈길을 좇아가련마는
생의 엉킨 줄 얽매여
발 구르며 부르짖다.

고적(孤寂)한 사람아, 시인아.
불투명한 생의 욕(慾)의 화염에
들레는 저자거리 등지고 돌아서
고목의 옛 덩굴 디디고 서서
지는 해 바라보고
옛 이야기 새 생각에 울다.

고적한 사람아, 시인아.
하늘 끝 회색 구름의 나라
이름도 모르는 새 나라 찾으려
멀고 먼 창공의 길 저문 바람에
외로운 형영(形影) 번득이여
날아가는 그 새와 같이
슬픈 소리 바람결에 부쳐 보내며
아픈 걸음 푸른 꿈길 속에
영원의 빛을 찾아가다.

인연(因緣)

만년의 봄이 와
만 가지 꽃이 피어
몇 만의 나비가 있다 하더라도
지금 저 꽃 위에 저 나비는
미친 듯이 춤추고 있다.

영겁의 때가 있고
무한의 우주가 있어
억만 번 생이 있다 하더라도
지금 나는 이곳에 서서
맑은 바람 팔 벌리어 맞으며
피인 꽃송이 떨며 입 맞추고 있다

시(時)와 처(處)와 생의 포옹
아아 그 무도(舞蹈)!
인연의 결주(結珠)!

바라문 종소리 고개 숙이며
십자가 휘장에 황홀은 하나
이 포옹 이 무도
아아 나는 어이?

나그네의 길

남으로 남으로 북으로 북으로 훨훨히 뻗친 저 길은
가고 오고 오고 가는 이 옛적이나 이적에나.

오오 간 이의 그림자도 없는 슬픈 이야기
오는 이의 고화(古畵)에 비친 길가는 나그네.

아아 수풀의 스치는 바람은 뉘 한숨이며
여울에 우는 강은 누구의 추도(追悼)인가

낮 별과 밤 달의 번가는 제촉(祭燭)
창공의 상여개(喪輿蓋)는 영원히 떠 있어라.

별 밑으로

세상에서 부(富)를 구하느니
가을의 썩은 낙엽을 줍지
그것이 교활(狡猾)의 보수(報酬)로 온다더라.

세상에서 명예를 구하느니
사막길 위에 모래탑을 쌓지
그것이 아침의 보수로 온다더라.

세상에서 이해를 얻으려느니
눈보라 벌판에 홀로 돌아가지
그들 돗 같은 야인 앞에 구차히 입을 벌리느니.

그러면 고적한 동무야
연옥에 신음자야
안아라 너의 가슴을.
냉가슴을 안고 가자 가자
저 저문 사막의 길로 저 별 밑으로.

그 별에게 말을 청하다가
별이 말 없거든
그때 홀로 쓰러지자 홀로 사라지자.

누(淚)의 신(神)이여

애인아! 웃지를 말아라
돌길에 상한 나의 발을 보아다오
너의 웃음이 너무도 무정하구나.

자모(慈母)여! 미소를 떼우지 말으소서
이 상한 가슴에 이 아픈 가슴에
당신의 손만 가만히 대어주서요
미소는 너무 억울합니다.

신이여! 애(愛)의 여신이여!
당신의 그 평화의 화차(花車)도 성장도 월계관도 다
내어 던지고
다만 이 애도자(哀悼子) 앞에
그 검은 상의(喪衣)의 자(姿)로 눈물 흘린 얼굴로 맞아
주소서
그때 나는 당신의 치맛자락을 붙들고 엎드려
피눈물을 쏟으며 쓰러지리이다.

3부 — 어린 아기

한숨

푸르고 검고 또는 보랏빛으로 짜낸 내 가슴의 웅덩이에
어제나 오늘이나
쉴 새 없이 일어나는 한숨이 그 무엇이뇨
오오 그 단조하게도 의미깊게 슬픈 멜로디로 치오르는 한숨이 그 무엇이뇨.

고독에 피곤한 나의 혼이
이 세상에 가장 큰 애인의 가슴에 안길 때
그때에나 이 한숨이 사라질까
오오 그것도 거짓말일까 하노라
망집의 고과에 헤매이는 이 몸이
해탈의 나라를 찾아가서
청정무구의 몸을 쉬일 제
그때에나 이 한숨이 사라질까
오오 그것도 거짓말인가 하노라

갓날 제 울던 그 울음과
숨 끊어질 제 쉬일 그 한숨이
오오 그 생이란 조롱에 갇힌 혼의 울음이
수수께끼 같은 그의 한숨이?

어린 아기

오오 어린 아기여! 인간 이상(以上)의 아들이여!
너는 인간이 아니다
누가 너에게 인간이란 이름을 붙였느뇨
그런 모욕의 말을…….
너는 선악을 초월한 우주 생명의 현상이다
너는 모든 아름다운 것보다 아름다운 이다.
네가 이런 말을 하더라
"할머니 바보! 어머니 바보!"
이 얼마나 귀여운 욕설이며 즐거운 음악이뇨?

너는 또한 발가숭이 몸으로
망아지같이 날뛸 때에
그 보드라운 옥으로 만들어낸 듯한 굵고
고운 곡선의 흐름
바람에 안긴 어린 남기
자연의 리듬에 춤추는 것 같아라
엔젤의 무도 같아라
그러면
어린 풀싹아! 신의 자(子)야!

생의 광무(狂舞)

나는 인간을
사랑하여 왔다 또한 미워하여 왔다
도야지가 도야지 노릇 하고 여우가 여우 짓 함이
무엇이 죄악이리오 무엇이 그리 미우리오
오예수(汚穢水)에 꼬리치는 장갑이도 검은 야음에
쭈그린 부엉이도
무엇도 모두 다
숙명의 흉한 탈을 쓰고 제 세계에서 논다
그것이 무엇이 제 잘못이리오 무엇이 그리 미우리오
아아 그들은 다 불쌍하다
그렇다
이것은 한때 나의 영혼의 궁전에
성신이 희미한 성단에 나타날 제
얇은 개념의 창문이 가리어 질 제 그때 뿐이다
그는 때로 사라지다 무너지다

닭의 소리

백주는 수정의 적궁(寂宮)으로 돌아와
명상의 세계로 눈 뜨고 잠들다
이때
뜰 아래 풀 위에 바람이 슬-
건넛집 종려수 바르르-
카나리아 지지글지지글
먼 길에 자동차 붕-
그 소리 멀리 사라져 가고
백주는 다시 졸음으로 돌아오다 꿈으로 돌아오다
이때러라 말없는 '때의 바다'러라
닭의 소리 '꼬끼오-꾝-'
그는 미지의 나라 한숨의 가종(歌鐘) 지상에 전하여
울리다
또 '꼬끼오-꾝-' 울리다
사라지다
먼 나라로 울려와 먼 나라로 사라져 가다
태양은 여전히 웃으며
물 위에 바람은 다시 지나가다.

하야곡(夏夜曲)

- 고향에서

반달은 벽옥반(碧玉磐)에 흰 발을 내이며
바람은 녹장(綠帳)에 향수를 뿌릴 제
엇치는 베틀에 북을 던지고
귀뚜라미 은방울을 자주 울리다.

건넛집 큰아기 머리에 인 물동이
희롱하는 달빛을 담고 사립문에 이를 제
답사리의 어두운 그늘로
보약 강아지 꼬리치며 뛰어들고
마중나온 발가숭이
"누이야! 누이야!" 강장거리다

먼 마을 북소리 때로 일고
장마 여울 물소리 아울러 요란할 제
밤은 끝없는 물결같이 흘러라.

알 수 없는 기원(祈願)

나는 인생에 절망을 가졌으며
인간을 무던히 미워하여 왔었다
그러나 이상도 하다
가엾으게도 어여쁘게 생기지 못한 주인 노파의 어
린 딸아기
보드라운 살이 내 손에 닿을 제
이 가슴은 야릇하게도 놀래어라
야드러운 봄 물결이 스쳐감 같도다
알 수 없게도 내 눈에는 눈물이 나올 듯
그 어린 아기 머리를 쓰다듬으며 무엇에게 기원을
바치고 싶다.

매육점(賣肉店)에서

인간이 의식의 축생을 살육하여 육림을 버리고
비린 피 임리한 도마 위에 육(肉)과 뼈에 칼질함을
볼 때
만일 인간이 해탈한 뒤에
그 피살자(被殺者)를 위하여 제단을 버리고
그 앞에 서서 눈물을 뿌릴 때가 없다 하면
오오 신이여!
인간의 정토가 영영 없으오리까?
중생의 지옥이 영영이오리까?

불사의(不思議)의 생명의 미소

내 마음 가운데 바람이 불어오다 적열(寂悅)의 바람이
봄 들에 소리 없이 부는 바람같이
고요한 호수에 넘치는 난파(暖波)같이
내 혈맥을 통하여 내 전신을 통하여
그 마음의 오궁(奧宮)으로부터
까닭 모르는 적열의 바람이 불어오다
그는 까닭 모르는 생명의 열파(悅波)
지혜와 감각을 떠난 영혼의 미소
아아 이 알 수 없는 기쁨이 넘치는
1922년 10월 15일
햇빛은 머리에 비춘 석양 침상에.

분열의 고(苦)

나는 우주의 어머니로부터 나온 자식
옳도다 그 어머니 가슴에 올기(兀起)한 한 낱의 수포(水泡)
윤생(輪生)의 인연의 마디
만겁(萬劫)의 시류에 보금자리 친 나의 영혼
분열의 고(苦)-생(生), 환원(還元)의 원망(願望)-사(死).

번뇌(煩惱)

우는 것은 못난이의 일
다만 참아감도 어리석은 일
웃을 수는 물론 없다
그러면 너는 어찌하려느뇨?
너는?

스핑크스의 비애(悲哀)

어느 술좌석 끝에
옆에 앉은 동무들이
어찌 그리 되지 않고 밉던지
주먹을 쥐고 일어서며
'필리스틴'의 세상 더러운 세상!
이 되지 않은 속중(俗衆)! 하고
싸우기까지 하였다
혼자 돌아올 때
"너나 내나 다 같이 불쌍한 인간
그 불쌍한 인간을 내가 왜 학대하였노?"하여
알 수 없는 비애가 가슴에 터질 듯.

어떤 동무

그는 질투심도 많이 가졌다
그는 허영심도 많이 가졌다
그는 이 시대에 상당한 교육도 받을 만치 받았다
경우는 그를 행운일 만치 하여 주었다
그러나
지금 그는 괴로워한다 자기의 과오를 생각하고 참
으로 괴로워한다
말소리까지 슬픈 가락을 띠어 울려 나온다
그는 한숨 쉬며 혼자 말한다
"아이고! 저 생겨 나온 대로 하여라"
가엾으고 가엾으나마
그는 땅 위에 떨어지면서 그런 탈을 쓰고 났다
그 외에 더 어찌할 수 없다
이것이 만일
색상계에 미의 대비율이 되기 위하여 났다 하면
이 저주된 생아! 현실아!
이것이 만일
전생의 과업이 아니고
다만 신의 장난으로 났다 하면
오오 때려 죽일 놈의 신이여!

원숭이가 새끼를 낳았습니다

원숭이가 새끼를 낳았습니다
동물원의 원숭이가 새끼를 낳았습니다
그 새끼를 안고 빨고 귀여워합니다
어미 원숭이는 그 얼굴에 모성애가 넘칠 듯하고
새끼 원숭이는 자성(子性)의 미가 방글방글 웃는
듯하더이다

원숭이가 새끼를 낳았습니다
원숭이가 새끼를 귀여워합니다
그러나 나는
슬퍼합니다
"너는 왜, 그런 모욕의 탈을 쓰고 또 났어……"
하고.

원숭이가 새끼를 낳았습니다
원숭이가 새끼를 귀여워합니다
그러나 나는
슬퍼합니다.

온 저자 사람이

온 저자 사람이 다 나를 사귀려 하여도,
진실로 나는 원치를 아니하오
다만 침묵을 가지고 오는 벗님만이,
어서 나를 찾아 오소서.
온 세상 사람이 다 나를 사랑한다 하여도,
참으로 나는 원치를 아니하오.
다만 침묵을 가지고 오는 님만이
어서 나를 찾아 오소서

그리하여 우리의 세계는 침묵으로 잠급시다
다만 아픈 마음만이 침묵 가운데 귀 기울이
며…….

나에게

– 반성의 낙원을 다고

나에게 자유를 다고
나는 다만 마소가 되련다
그리하여, 이 넓은 땅 위에 짓뚱거리며 몸부림하련다.

나에게 먹을 것을 다고
나는 다만 도야지가 되련다
그리하여, 이 햇빛 아래에 곤두박질하여 통곡하련다.

바둑이는 거짓이 없나니

바둑이는 거짓이 없나니
그는 싫은 이를 볼 때 싫다고 짖으며
정든 이를 볼 때 좋다고 가로 뛰나니
바둑이는 이다지도 마음의 거짓이 없나니라.

그러나 인간은 이 어이함인지
미운 이를 볼 때 웃으며 손 잡고
귀여운 이를 볼 때 짐짓 빼나니,
바둑아 너는 왜
이 몹쓸 인간을 배반치 않느뇨.

바둑이는 거짓이 없나니라
그러나 이 몹쓸 인간에게는 거짓이 있나니.

기억하느냐

물에 불을 주고
불에 물을 주는
태양의 정의를
기억하느냐, 동무야

주림에 주먹을 주고
울음에 칼을 주는
사랑의 정의를
기억하느냐, 동무야.

가을

키 큰 사람이
얇은 햇빛 쪼이는
언덕 위에 올라서
두 손을 지팡이에 얹고
생각을 영원에 놓아
끝없는 허공을 바라보며
"이제가 어느 때뇨
이제가 어느 때?"

가슴은 빈 한을 갖고
한숨은 높은 바람과도 같도다
긴 한숨 긴 바람에 부쳐 보내며
거듭 탄식에 그는 눈 내려감다.